柏原充侍詩集

あした空の機嫌がよかったら

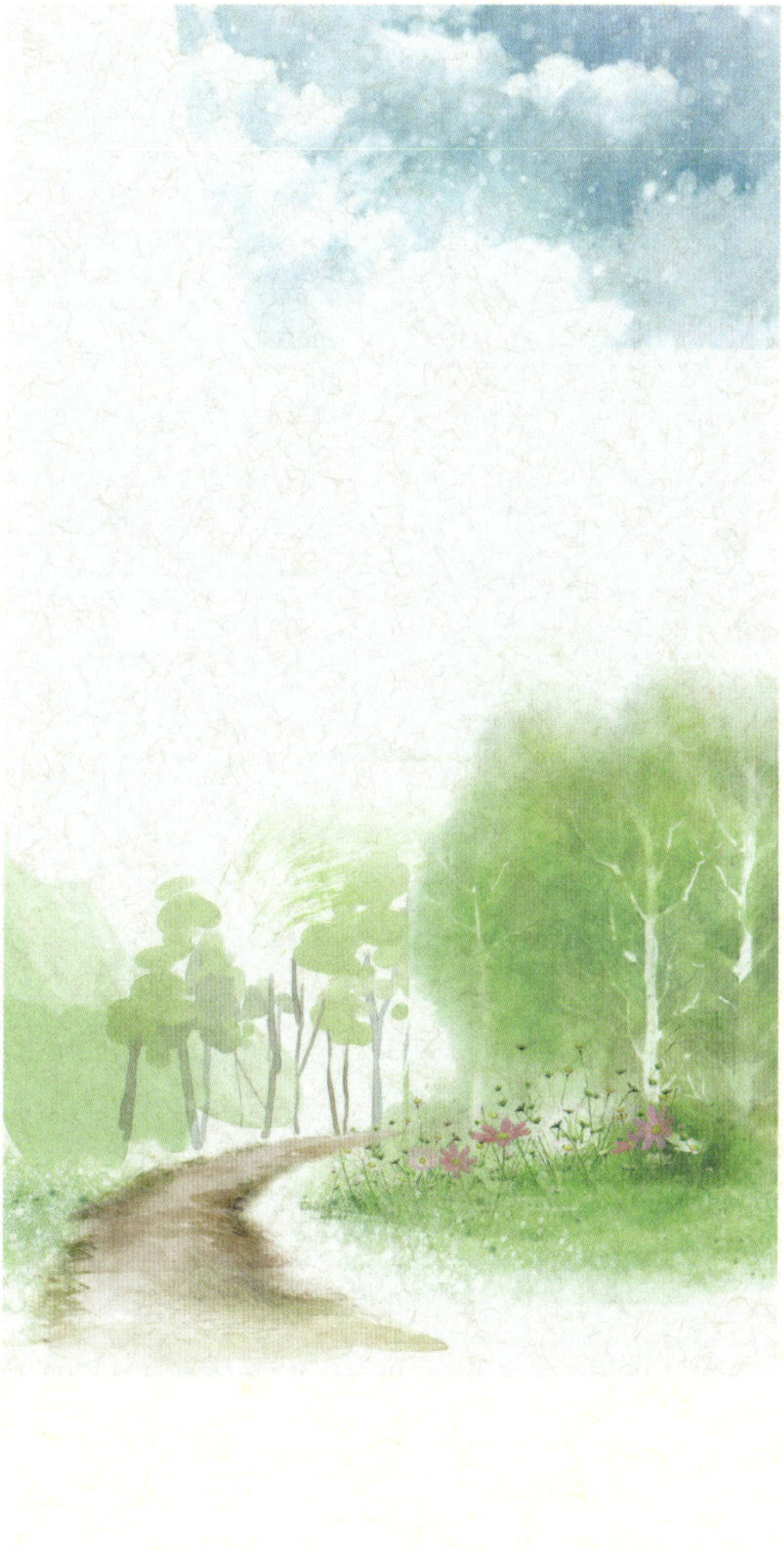

柏原充侍詩集　あした空の機嫌がよかったら

目次

Ⅵ——美しき愛のしらべ

あした空の機嫌がよかったら

I

風に舞うアゲハチョウのように

風に舞うアゲハチョウのように

あなたをわたしは愛します
気品があって美しく
なにもかも　若き映し世めでたく
この夜のわずらい感じられぬ
わたしはあなたを愛します

風に舞うあなた
繊細な羽根をもち
美しさといえばまるで
絵画によって描かれる　裸婦のよう
けれどもあなたはいつからか
姿を見せなくなりました

なぜならあなたは短命で
「美しさはつかのまで　あでやかさは偽りである」
そうした言葉もあるように
あるいは仏の道では迷いもて
やがて極楽浄土へ飛び去ってゆくのでしょう

風に舞うアゲハチョウのように
幼き頃はみにくくとも
大人になれば美しい
人生と同じで年を重ねるたび
より美しくなってゆく　婦人のようでありました

先生との思い出

ああ　どうして僕はこうなんだろう
そう悩んだ日々でありました
それでも　先生は私のことを許して下さいました
「なぜなら　君はクラスにとって欠くべからざる生徒なんだよ」

それから少しずつ　先生との思い出を打ち明けるようになりました
あなたは素晴らしい　いやどうしても素晴らしい
輝ける人生が待っていると　約束して下さいました
先生との思い出は　はかなくもあの美しい青春の日々だったのです

やがて私は不治の病に侵されました
まるで盗人がやってくるかのように

私の心を奪い去ってゆきました
それでも　先生は私のことを許して下さいました
先生　先生　先生　先生はいまどこにいますか
私は　両親よりあなたのことを愛しています

やがて夜明けがやってきました
長い冬の夜が明けて
春を迎えるようになったある日
先生は戻ってきて下さいました
「やあ　またいちだんと大きくなったんじゃないの」

いつのまにか長い冬のあいだに
私はあなたより大きくなっていました

刺青《いれずみ》のある月の夜

女は決意した　毒蜘蛛《どくぐも》になることだ　それは
道徳でもって社会をがんじがらめにして
やがて　ちっ息させる

女は〈あの日〉に刺青を入れることを決めた
柄は毒蜘蛛であった
〈あの日〉はまた月の夜であった　こうこうとして光かがやき
美しさをまるで際《きわ》だたせるかのよう

カラスとつばめの巣

なんというもの悲しさなんだろう
なぜか　この世のつらさ　不気味さ　そしてその中にある
一抹の叡知すら感じさせる
わたしたちの住んでいるこの世界は

カラスは　今日も　夕方　西に沈みながら
あやしげな　そして不穏なかげりを見せながら
闇のなかへと消えてゆく
そうだ　あなたもまた神だったのだ

「知識は憂いを生み　憂いを持つことは知識の初めである」
そうした聖なる書の　詩のさまざまな

それはもはやわたしたちの権利だけでは
とうてい身をまかせることもできず
結果的には　不幸だったのかもしれない

しかし　やがて夕闇にカラスが舞うように
夜明けとともに　つばめが空を翔ければ
わたしたちは　その家という堂
すなわち核家族として――さらに宗主国から独立するように
わたしたちの家族からはなれて
今日という日を生きてゆこうではないか

それが　わたしたちの持つ罪なのだから
それが　わたしたちが見ようとする恥なのだから

海からのたより

漁師の仕事をしている人々へ

あなたは今日どんな日でしたか
――少ししけてるけど　まあこれでいこう
明日のあなたはどんな気分ですか
――それは海が答えてくれる
海のさきには何があると思いますか
――それは果てしのない仕事のあとで

ある日砂漠を子どもたちが歩いていると
ひとつのビンがあった
そこにはこう書かれてあった

「今日の私はこんな気分です　明日の君は元気かな
　また友だちになろうね」
つぎの日少年は先生にこんな手紙を出した
「先生の三十年前はどんな友だちでしたか」

海の沈黙《しじま》に抱《いだ》かれて

「春の夜は　われにともなる華々《はなばな》の
　いともたやすき桜の樹　そこはかとなき沈黙の
　あなたとだけの夜なれど　それもかなしく恋の夜
　だから愛を誓いたい　それがわたしの思いなり」

わたしがこの句を詠んだとき
病棟は深夜十一時を過ぎたところだった
はげしく薬物中毒に悩まされ
これからの人生の指針を見いだせずにいた

白内障の手術をしたばかりの母親が
見舞いに来てくれた　あなたの相変わらずな
いや　むしろ老齢にして少女の雰囲気さえかもしだす

母の独自の明るさが　わたしの歪んだ心を癒やしてくれた

父は　そのことについて何も語らなかった
彼は人生の偉大なる目標
行為の人とでもいった　古い時代の独逸の詩人の
その卓越した域を兼ねそなえていた

ああそれこそ　夜の不眠に悩んだわたしの
夜の沈黙《しじま》に抱《いだ》かれた

人間の本性《ほんしょう》であり
また　ぜいたくともいえる
そう――

時間との戦いとの　たわむれであった

海という名の母親

おごそかで　また凛とした風情がただよった大海原
かつては大陸があった　ともいわれる太平洋ムー大陸から
はるか離れたところに　わたしらの島国はあった
恐竜たちがひしめきあい　やがて氷河期をむかえると
すべては「死」ということばひとつで　自然の摂理に閉じこめられる

わたしの母親は　教科書を読んでいるわたしに
耳を傾け　そして軽くうなずき
「まあ　そういうものかしら歴史って」
生物学的にどういうものかはわからなかった

そうです　「母なる大地」というものがあるとするならば
今の島国にとっては　母なる大海原だったのです
欲にかられ漁に出る漁民たちのように

そんな早春三月の暖かな朝でありました

Ⅱ

梅雨を迎える頃までに

梅雨を迎える頃までに

わたしにとってかけがえのない生命の姿
それは美しい雨露でありました
あまりにも繊細なアジサイの花が咲いて
ただ　夏を迎える頃までに生命の泉を
たくわえようとするかのよう

わたしは家を持ち歩くはかなき生命
人によっては好き嫌いがはげしい姿です
少なくとも子どもにはあまり好かれないかもしれない
やがて　黒い怪物によって喰らいつくされてしまうのです

わたしの名はカタツムリ
佛国ではエスカルゴと呼ばれ大の人気者です
あなたと一緒になりたい
そうです
わたしはマイマイツブリと結婚したいのです
アジサイの花で飾り　雨露をなめながら
やがては死すべき季節がやってくるまで
生を――つまりは天寿をまっとうしたいのです

わたしのこんなわがままを聞いて下さい
わたしにそっくりなあの子が恋をきかれて
大変かわいそうな死に方をしています
けれども同じ生命
わたしも同じように逝きます
だから人間よ

万物の霊長よ　私を愛して下さい
子どもたちよ
わたしにこの地球上に生まれた意義を教えて下さい
　梅雨を迎える頃までに

おとんへ

おとんへ　あんたはほんまにえらいこった
坂を七十七日のぼったあげくに
腰の骨までばらばらや　でも
めげんな　えらいな　おれもまじめにやるわ

なんでそんなにつよいん
おれなんかじゃ　ちっともかなわへん　でも
こないだ　おかんの前でないてるの見たで
えらいな　なんぼしっぱいしてもめげんな
おれなんかじゃ　ちっともかなわへんわ

おとん　おとん　おとん　おとん・・・・・・

なあ俺が目指してきたのは
ホンマもんの
やっぱりかなわんか

だからおれも七十日病んでころんだ
また　たちあがる

だからあの世でも　良くしてなあ

ガラス細工の曇り空

用意周到に準備している
とても人間わざとは思えない
あなたの器用さはひときわ目立つ
いつも人生に黒い影がおおう

ガラス職人のあなた
その御わざによって世にも不思議な魂を作り出す
なぜ魂なのか知っています
それはあなたの生命を吸収したものであるから

ガラス細工を曇り空にかざすと
そこにはまたとない作品ができたかのよう

なぜならそれはランタンであり
炭焼きに出向いた人々に
かつてはもてはやされた

今の私のガラス細工
それは私の肉体でありました
曇り空とは〈世界〉に接する私の未開拓なる未来
そこへ私は命という火をともし出かけましょう
世界に未来があるかぎり

「生」は風のように

「生」は風のようにつつましく　そしておごそかな
悲しいひびきを持ちこたえ　なおもたくましく
どうかそのような私の生き様を　どうか皆様お許し下さい
あなたは死の如く強かった

死の如くそれは来世へとつながる
永遠の架け橋それはどこまでも続いてゆく
あなたは美しい　なぜなら死はどんな人間にあっても
そう　神秘的であったから

「生」は嵐のようにやってくる
母親の胎内で暴れまわり

女を死の淵にまで追いつめて
死の如く「生」の躍動を感じさせる

あなたは風のようにやってくる
もうじき新緑の五月がやってくる
こどもの日もやってくる
そうです　私は五月に生まれました

鋼の理性

こころはいつでも凪のよう
流されて流されてひとつところにとどまらない
理性はいつでもあいまいで
環境によっていくらでも流されてしまう

文明の発展とともにつちかわれた鋼の技術
よろいをまとうとき人は理性を得る
なぜならわたしたちは　たえず生存競争にさらされながら
よろいをまとうことで自分を守ろうとするからだ

鋼の理性はいつでも危険にさらされる
敵がいるからこそよろいをまとうからだ

敵は軽いよろいを身にまとっていた
彼らは理性をまったくといっていいほど欲していなかった

そうだ　われわれは知性という名の鋼によって
文明を明るくして感性を豊かにした
そうしてはじめて人々は平和をとうとび
また愛を知るようになる

愛とは何ぞや?

それは平和によってもたらされる感受性であった
それは鋼の理性によってもたらされたものであった

五月の朝焼け

メランコリックな朝がやってくる
春はゆううつ病の人にとって
まさに死の季節でもあるだろう
それはまさに己が精神の死を意味するのだ

徹夜で勉学にいそしんだ大学院時代
朝焼けとともにひどい離人感に悩まされた
まるで日本に住みながら
自分が外国人であるかのように錯覚したのだ

五月病という心の病がある
それは桜の吹ぶく季節に恋をして

自ら命を絶つようなものだ
だが諸君　わが読者諸賢よ
汝ら決して死ぬべきにあらず
メランコリックな春の朝焼けを越えた所に
心の悩みを梅雨の雨が流して

やがて情熱の夏がやってくるのであるから

Ⅲ　母の優しさ

母の優しさ　――「母の日」によせて

あなたがのこしてくれた
かけがえのない幼年時代
ひかり輝く夏の日に
あなたはわたしを生みました
優しく　人としてのありようを
教えてくれました
青空のもと　ふと思う
「ああ　これがぼくのお母さんだなあ」
自分のことを自分とわからず
闇の恐ろしささえ　つまり死の存在をも
あなたはぬぐいさり
家事であれた手のひらで

頭をなでてもらいました
初めて人を好きになった
それは母の優しさが教えてくれました
あの夏の日に
わたしの誕生日に

麦わら帽子

なんという「生」の歓びにみちた
あの夏の日々であったことか
私は友達と公園に行った
理解できなかった
地球は――いや日本は
どこの国よりも生命を動かす原動力
すなわち四季が存在するということだ
お母さんが玄関で
私にかぶせてくれた麦わら帽子
清らかな川が流れ
セミの大合唱が心を躍らせ
夕方になればカラスが鳴き

夜はカエルたちが愛の大合唱
麦わら帽子
二十年前とかわらない
素敵なものを
私の母もかぶっていた

あした空の機嫌がよかったら

一日の労働　そこには一日のすべてがあり
今日は明日を夢みて
夢は天国へといざなってゆく
だれのものでもない
たった一度のわたしの一生
何を見い出せるか
それは人の為につくすこと
生きてゆくうえで大切なもの
それはあなたが生きているということ
だから人は親を大切にする
いや　子どもが大人を人にしてゆく
昨日は雨がどしゃ降りだった

今日も雨が降っていた
人生という名の舞台
この天に命をさずかれば
あした空の機嫌がよかったら
お墓まいりをしよう

静寂のなかに沈んでゆく

ひとり部屋にいた
書物に囲まれていた
父親は仕事だった
母親は入院していた
ぽたり　ぽたり　ぽたり　ぽっ　ぽっ
ただ私の存在がある
あまりにも美しい朝の香り
昨日　天使とたわむれた
沈んでゆく　沈んでゆく
初春の朝の冷気が
私のすべての感覚を狂わせてゆきそうだ
ぽつん　ぽつん　ぽつん　じゃらららら
頭がしびれてきた

脳が麻痺すること
考えたくなかった
一滴果物からの訪れをいただいた
また私の詩情は過去から
艶めかしい現実のなかで
見出せない　つまり死が怖かった
自分だけは生きていたい
自分だけはどうしても助かりたい
体を起こして
向かいの家を見た
主人がしきりに水をまいていた
確かに今日も平和だったのだ
私は己を恥じた
静寂のなかに沈んでゆく
やがて思想があらわれてきた

なんてほほえましいのでしょう

今日もまた一日が終わった
子どもたちはじゃれあいながら
「またね」
とまどった　どうしようもなく
取り残されてゆく気がした
なぜだろう
それはわたしが大人だから
赤ちゃん
あなたの頬は桃のよう
触るとすぐに優しい香り
天が下さった
わたしら二人の愛の果実

いつまでも　いつまでも
続いてゆくその人生
また次の日
「おはよう」
そうして世界はまわっているのだ

陸の花嫁

朝焼けとともに　闇は引き裂かれ
陸のおもいでだけが　ぼくのすべてだった
たいしたことのない残響　心をかき乱した
一年がまた追憶とともに　また花を

きみはどこの空のもとで生まれたのだ
もはや地上の楽園はない
あるのは過去という名の故郷かもしれぬ
ある詩人がいったように　「生まれた！」
そうだ　奇跡をおこしたのだ

人間のこころのなかに　楽園が
いや神と呼べるものが

生活という汚辱のなかで　ぼくが見たかったのは
おさなきころ　宝石のような……
そう　きみの親を恋い慕うなみだなのだ
いつ果てるかもしれぬ　ひとかけらのみずの惑星
ただそらはあまりにひろい
やみをてらすには　あまりにも……

ぼくはきょう血を吐いた
あの残響がぼくを　過去を吸血鬼が
そう　きみを苦しめるすべのものが
照らしてほしい
きみのおさなき親を恋い慕う　あの地上のひかり
かがやく生の衝動を

花を闇の中で育てたい

そしてやがて生のかがやきとともに　世界の苦悩を
残響からときはなつまで
あらゆるひとびとの争いから
花はすべてを解き放つ
悪というものがあるとするなら
暗闇の砂漠に花を咲かせよう
廃墟となった　核によるこの世の地獄から
草木がいのちの芽吹きを　花を
ひとをいつくしむ　あの偉大なこころを

さあ立ち上がれ　祝祭の時だ
血液などはいらぬ　決していらぬ
われわれには水がある
こどもたちの涙と汗　生命のかがやき

ぼくたちにはできるはずだ
そうだ　生命をゆずりあうこと
犠牲とまではいわない
ただこどもたちという地上の花を
そう……わけあうのだ

みんなが地球のこどもであった
こどもたちも　また
この青い澄んだ清澄な空のもとで
わけあうことを知り
野蛮を　過去の残響を引き裂き
そして闇を《生存者》が照らしだすため

われわれは生きなければならない
今日という花に水をやるために……

Ⅳ

雀さんが日なたぼっこ

雀さんが日なたぼっこ

わあうれしいな　今日もおてんとさま
にっこりわらってよろこんで
みんながだいすき　なつのあさ
あさがおに　はちがかたおもい

どこまでも　あいのきもちがつづいてゆく
ちゅん　ちゅん　ちゅん　だいすきよ
あなたのことがだいすきです
たのしいあさごはん　しあわせのひととき

このいえのこはひきこもり
わたしといつもはなしする

ねえ　いえからでも　そとのくうきすおう
かぜがさわやか　いきるゆうき

じぶんのことがわかるとおもうよ
だからわたしとおはなししよう
おかあさんはなきだした
そう　このひきこもりのこどもが
くつをはいて　そとへでていったから

深夜　――時の雨だれのなかで

雨がしとしと降っている
そこは何の疑念の差しはさむ余地はない
しかしそこにいちまつの真理が存在するならば
夜にひたすら降りしきる雨に　理由があるとすれば
それはあなたのためだったかもしれない
あなたを夏の空気のけむたさから救うかのよう
あなたを時の流れにまかせて　雨とともに記憶を失わせ
理由もなき人生のけんそうから　逃れ出るかのような
あなたの雨は尊い
人生の終わりを感じさせるかもしれぬ
あの夏の胸苦しいまでの〈あの〉空気
カエルの鳴き声だけがこだまする夜の気配のなかで

あなたの雨は　いったいどこにたどり着こうとするのであろうか
深夜一時を過ぎた時
私の瞳には涙がこぼれた
なぜ私はあの時　あなたと別れることを決めたのか　あなたの怒りをかってしまったのか
今思い返しただけでも　ただ後悔だけが残った
だが私は今も眠りにつくことがなく
あなたの許しを得たいことだけをこい願う
ああ降りしきる雨よ
これまでの一切をすべて洗い流してくれまいか
それでも今宵も時は過ぎ去ってゆく
あなたの高潔な魂がそれを代弁するかのように
ただ時は流れゆく
私だけを残して

在りし日の夏

幼い頃よく見てた幸福な夢
僕にとっての幸福な夢

それは在りし日の夏
夏休みの特権だった
神様のことをいつも胸に抱いて
そう——そうなんだ
悪い事はしたくはない

何もかもが輝いていた
すべてから恵まれ
いつくしみ合い　愛し合い

そうです　それが人なのです
あなたから教わった
かけがえのない少年時代

それは大人になっても決して
そう――決して色あせない
現在《いま》の僕自身の人生を照らしています

僕といっしょに

清らかなまなざし　日々の暮らし
朝はいつもあなたとともにあり
夢を見る僕はいつもこころがあつかった
夏の朝　覚えたての目玉焼き
学校へ行く　やがて社会に羽ばたく
その日まで　お願いです
どうか僕といっしょにいて下さい
どこまでも　そうどこまでも
親の願いは偉い人になることではなく
ただ健康に　幸せに生きていってほしい
残酷な滅びの冬がくるまえに
愛するあなた　夏の日に　いつまでも

いっしょにいたかった　初めての愛
だから外へ出よう　自然と遊ぼう
その先には大地の命と太陽のひかり
お願いだ　愛するあなた
僕といっしょに暮らさないか

こころをさらってゆくもの

しなやかな指さき　繊細な目もと
ほこり高き鼻　自由の唇
瞳の色は誰のもの　誰も知らないこころ
初めて出会ったとき　悲しく想った

なぜなら自分に自信がなかったから
だが　幼き頃に覚えた母の胸元
同じ香りをあなたはしている

好きになるにしたがって　努力すること
人生を歩むことを覚えた
海へ行きたい　神が宿る　あなたのこころ

潮騒《しおさい》がわたしの感覚を狂わせる

お盆を迎えるとき　命のはかなさを知った
見てしまった　女の裸を　美しい
乳房はふくよかで　誇らしげに上を向く
だが　決して手をふれなかった

こころをさらってゆくもの
それはあなたの真実でした

孤独のヴァイオリニスト

ある初夏のことだった
体が悪く病院に入院していた
大声をあげてさけぶ男性
何をいわんとするのか　理解できなかった

彼はとつぜんヴァイオリンを取り出した
「僕　芸術家なんですよ」
とつぜん美しいひびきと　美しい調べ
悲しかった　かつて彼にも誇るべき人生が
　確かにあったのだ　孤独と戦う音楽家

「G線上のアリア」皆が涙した

気だるい空へ向かって　人生を愛を夢を
高らかに大自然のいとなみ　命の糧
知っていたのだ　地上を讃美することを
孤独だった　こころの闇とともに

やはり人間でいたい　その思いは
やがて社会の一員へと戻り
労働の戦いへと帰ってゆくだろう

V

月のひかりは

月のひかりは

月のひかりは私に生きる意味を教えてくれた
天上の高貴なたたずまい
安らかに子どもたちは眠っている
あなたを愛した　愛した　愛した

どこまでもこんな夜空がつづくなら
何も怖れるものはない
私たちの前には創造主がいる
信じたい　あなたの存在

信じたい生きてゆく強さ
願わずにはいられない

子どもたちの成長を
願わずにはいられない

雨という名のあなたの涙を
輝ける秋の夜空は
まさに神々しく
平和の意味を教えてくれた

あなたの御顔を
見せてごらん
あなたはただ泣いていた
そして「一生そばにいてね」

丘の上から大草原を秋の星が
幻想的な夜を風がさらっていく

風にさらわれた月のひかり
色あせることのない
若かりし日々の記憶
だから生きてゆける
生きれるんだ
戦争は終わった
月のひかりが平和をもたらした

きつねのよめいりと　たぬきのろうどう

これから　どうか　おねがいが
そんなことば　あい　の　あめ
およめさん　ないた　はれ　の　ひ

あめが　ふった
かみ　の　け　が　うつくしい
あなた　は　どこ　の　うまれなの
めでたい　やあ　めでたい

だんなさま　は　どなた　です　か
そのおかた　は　はたらきもの
ぽんぽん　たぬき　さん　だった

こうじょう　で　ろうどうしゃ　だった
おみあい　の　せき　で
じしんをもった　たぬきさん
「きみのためにはたらくから」

たぬき　さんも　きつね　さんも
ほほ　を　まっか　に　そめて
ふたり　の　あい　が　かなえばよいなあ

友が故郷で待っている

誰もがみんな
生きてゆくのが精いっぱい
暗い道の先に灯が見える
世界に出逢った

信じられなかった
「ありがとう」
その一言だけで十分だった
愛すべき友よ

君はいずこに
卒業した後　まだ一度も会っていない

実はひとつ　言い残したことがあった
それは　君のことが親よりも好きだ　と
やがて病を得た私
人生の途上で倒れたが
再び起き上がり　人生を歩みつづけた
この冬　正月　実家に帰ろう
きっと君は笑顔で私のことを待っている

学生時代

美しい　ただ美しい
見るものがすべて味方だった
煙草を一本とり出し
一冊の哲学書　そして聖書

世界が何物なのか
知りたかった　親には教えてもらえず
ただ静かに読書をしていた
神について　人生について　社会について

飽くことなき　狂った知識欲
病の存在が信じられなかった

友はみな就職した　私は取り残された
好きな女性と手をつないで　つまり
あなたと恋がしたかった

法律の勉強は楽しくもあり
苦しくもあった
午後の十時半　私はかばんをかかえて
電車に乗って　一人まどろんでいた

おばあさんのめがね

やさしい　やさしい
おばあさん
一人ぐらしのお年寄り
夏休みがやってきた

海開きになると
田舎の家でみんなでアイスクリームを食べる
子どもをたくさん産んだ
孫も多かった

そんな負けん気のつよいあなた
丸いめがねをかけていた

正月とお盆の島は　幸せいっぱいのくにだった
裏庭のみかん畑では
野犬がみかん畑を荒らした
おじさんたちは大いそがし

私は幼く病気がち
海開きの日に風邪をひいた
うめぼしイソギンチャク
不思議な生き物たち

釣に行った
食べられないフグばかりが釣れる
おばあさんは私といるのが一番だと言った
親せきの中でも末っ子だった

幼きひかりあふれる少年時代
すべてがかがやいていた
今はもう亡きおばあさん
最後の言葉をきけなかった
お母さんは泣かなかった
今でも想い出す
愛きょうのある

思い出いっぱいの丸いめがね

Ⅵ

美しき愛のしらべ

美しき愛のしらべ

希望にみちた　わが人生
あなたのこころにひかりをともしたい
まさに青春時代にしか見られない
あの愛と希望と　はるか高い青空へと

小鳥たちが祝福してくれた
これからの二人の人生を
別れの季節から　出会いの季節へと
幸せはもうあなたのもとにある

永遠につづく世界　誰が知りえよう
見よ　愛はかなったのだ

人として産まれ　人として生きてゆく
人生　素晴らしきかな

噴水のまわりを　円形花壇の花々が色をそえて
子どもが笑顔で遊んでいる
「この世に産まれてよかった」
あの青春の想い出は
美しき愛のしらべとともに　今を生きる

タクシードライバー

そう急ぐな　あわてるな　ただ走れ
父は言った　人生は時間が待っていると
タクシードライバー　彼は死に向かい
暗き闇夜にひかりを求め　人生を走りゆく

時間では取り戻せないものがある
それが人のいのち　あなたとの生活
いつまでも夏の空から雨が降りつづける
生きることも死ぬことも
時間は待ってはくれなかった

性の情熱　自我と無　そして自由

ひとつお願いがあります
今日も私は仕事があります
人生を戻して下さい
決して私は堕落しません

父と母の愛情につつまれて
かつての幼年時代　タクシードライバー
人生を駆ける私は　今日も狂気に酔いしれる

はなはゆく人々

どこまでも遠い　異国の空
夢にまで見た　祖国の太陽
春になれば樹木が花替えをし
そして若きひとは春を覚え

私は　今死なんとしている
子どもの頃　母親の存在がすべてだった
父は黙っていた　そしてほほえんで
「大丈夫だよ　希望をもって生きよう」

別れの季節　哀しい　ただ淋しかった
夏を迎えるまでに　なにか大切なもの

見つけたのは学問の道
そして受験勉強をがむしゃらにして
行きたかった学校へ進んだ

やがて私は病を覚えた
人は誰もが死ぬことに気づいた
あの四月の肌寒い日に

あの日愛した〈女性《ひと》〉の夢を見ていた

市役所のおねえさん

不安だった　孤独をかかえて
病気とともに生きてゆく
薬が手放せなかった　生きてゆけなかった
悩んだときはいつも笑顔で答えてくれた
市役所のおねえさん

僕は大人になることからとり残された
劣等感が強かった　頭がよくなりたかった
そんなとき　おねえさんは
「感謝の気持ちで一日を終え
　感謝の気持ちでねなさい」と

わからなかった　僕にとって
その意味を探しぬくことが
僕の人生そのものだと
だから僕は今日も生きてゆく

はかない少年時代　美しき青春時代
いつ　いかなる　どんなときにも
あなたの笑顔が僕のこころのなかにあった

曇り空は父の憂い顔だった

初秋を迎えた
こころ悩める人々の　風とともにやってくる
曇り空からは　母の涙が雨となり
曇り空そのものは　父の憂い顔だった

いつの頃からだろう
親に感謝することを忘れたのは
母に精いっぱい甘え
父に　学ぶ喜びを教わり

兄と敵対し
姉と別れ

そして私は涙に倒れた
メランコリーな　ゆううつな秋の空

曇り空のあいまから青空が
そうだ希望が見えてきたのだ
小学校では運動会が
そして修学旅行の季節がやってくる

甲府の土地で　空としたしむのはいつの日か
大阪では雪はつもらない
白き妖精は現れるのか
かつての恋人との想い出

汚れてしまった自分
悲しい…私のこころは悲しい

やがて秋の日もたけなわになると
もう一度あなたに会いたい
あの白き吐息とともに
早朝になればあなたは消えてしまった
夢だったのだろうか
いや　私はまたあなたと出会える

曇り空　やがて幸福の象徴たる太陽の恵みにつつまれるように

夏みかんが好きなおばあさん

夏休みと冬休み
必ず田舎に両親と帰った
みかん畑は美しき田園の風景とともに
子どものこころは美しき希望をいだいて

夏には　ツクツクボウシの大合唱
海開き　母が見守ってくれた
故郷の空とともに　海が太陽のいのちをのんだ

黄金の波打ちぎわをみたとき
潮騒と人生の戦い　終わりなき人生
人は誰も死ぬことはできない

生きている限り　決して死なない
潮干狩《しおひがり》に行って　イソギンチャクと遊んだ
ヒトデがこわかった
おじさんがタコをつかまえた
忘れることができない

いまはもう亡きおばあさん
いつでもはるか高い青空から　僕を見守ってくれています
ありがとう
夏みかんを食べるたび　今でもなつかしく想っています

もしも〈あなた〉に出会えたら

悲しかった　思春期を迎える私
こころの病にかかった

神経を病《や》んだ
「どうして私に男の子がいないの」
そう思い続けた日々だった

先生は優しかった
忘れものをしたとき　私だけ
かるくほほを張ってくれた
あなたは保健体育の先生だった

女性として産まれて　男性のようなこころ
悩ましかった　親は私を叱った
もしも〈あなた〉に出会えたら
私はきっとあなたを好きになります

恋を知り　愛を知ります
何気ない日常が　私の神経を癒やし
あの広い青空のもと
二十年前とかわらない　美しい青空だった

大ホールに一人でたたずんだとき

世界は広いようで狭い
人と人はつながりあっている
逢いたいあなたに
めぐり逢えたことは現実的だった

なぜなら　あなたは人間であることを
誇りにしていたから
あなたとともに　音楽会に行こうと想った
けれども　かなわなかった

交通事故
運命がまわってゆく　まわってゆく

人との出会い　信仰心さえ
天によって支配され
また産まれ
また死んでゆく

かなわなかった　あなたとのサロン
つまりはパーティー
気取らずに出席した
皆　仕事のことや家庭のことで華をさかせた
最後まで私は残っていた

広いホールのなか　一人で立ちすくむ
沈黙という名の涙で
己が脳を癒やしたとき
やがて生命が

生きるということが
死ぬということが
世界を信じるということが
何故かこころの内に情感があふれ
私はついに
私のこころの独裁者となった

うなだれた電信柱

あなたはただまっすぐに
アスファルトに打ち付けられ
電気という名の血液で
人々の暗闇を照らしている

十字架　そうあなたは
憩いの場として立っている
秋の空は明るかった　死者もいのる肌の汗
漢《おとこ》の臭いが鋼《はがね》の理性とともに

理性という名の人間がまた一人命を失う
電信柱——秋の紅葉と街路樹と

仲良くよりそって
いつかは空間を直観によってとらえ
命を伝えるだろう

そのとき私は何ができるだろう
ただ持病の治らぬ不治の病でさえ
故郷の樹下の涙とともに
大地の命を授かる

うなだれたあなたは再び挫折を味わい
朝焼けとともに幻想的な美しさを感じさせ
夕焼けとともに　こころを淋しくさせる
それでも私は生きているのだ

蝿が地面をはっている

恐かった　死にたくない

なぜ生きているのか
理由などなかった
自分だけは絶対最後まで——
そう言いくるめて夜を迎え

電灯を——機械の血液によって家を照らした

命の灯火《ともしび》

語らい合う
人間という
こころある
現実的存在

中身はどうかと聞かれれば
雨のせいばかりにする
「おまえは雨男だ」
こう言われたとき

私は決闘を申しこまれたか
ところが彼はそう言わず

「私の友となってはくれまいか」
男に涙は似あわない
それより働きたい
国家が困難な状況にある以上
己が身分を慎まなければならなかった

ある日女が言った
「妊娠しました」
男の瞳から大粒の涙が流れた
戦争で片足を失った彼は

命の灯火――
何の故に
誰の為に
神は

仏は
キリストは
アラーは
そして人間とは
こうして我らは生きている

あとがき

この詩集に収められた作品は、私が学生時代神経を病んだ頃、社会医療法人北斗会「さわ病院」に入院中に書きとめたものです。ノートや原稿用紙に手書きでしたためたものを、父智がパソコンで編集し、これまでに六冊の私家版を出しました。それをもとに選定していただき、今回の出版となりました。大阪府豊中市の医療や福祉にたずさわる人々、また療養中の当事者の方々に喜んでいただければと思っております。

父の学生時代の恩師で「日本未来派」の詩人・倉持三郎氏には絶えざるご指導、お励ましを賜りました。ありがとうございます。「さわ病院」理事長・澤温先生、主治医の渡邊治夫先生、そして学生時代から激励を続けてくださった深尾晃三先生をはじめ諸先生方には、深く感謝しております。

そして「関西詩人協会」に温かく迎え入れてくださった有馬敲先生、大倉元先生および永井ますみ様、ほんとうにありがとうございました。

最後に、編集・製本にご尽力くださった竹林館編集部の皆さま、お礼申しあげます。

平成二十七年九月三日　　柏原充侍

柏原充侍　（かしはら　みつじ）

1978年5月15日生まれ
大阪府豊中市長興寺南出身
近畿大学法学部卒・同大学院文学部文芸学研究科中退
関西詩人協会会員

住所　〒561-0874　大阪府豊中市長興寺南4-14-15

柏原充侍詩集　あした空の機嫌がよかったら

2015年11月20日　第1刷発行
著　者　柏原充侍
発行人　左子真由美
発行所　㈱竹林館
〒530-0044 大阪市北区東天満2-9-4 千代田ビル東館7階FG
Tel　06-4801-6111　Fax　06-4801-6112
郵便振替　00980-9-44593
URL http://www.chikurinkan.co.jp
印刷　㈱国際印刷出版研究所
〒551-0002　大阪市大正区三軒家東3-11-34
製本　免手製本株式会社
〒536-0023　大阪市城東区東中浜4-3-20

ISBN978-4-86000-322-7　C0092

定価はカバーに表示しています。落丁・乱丁はお取り替えいたします。